Christine RENGEARD

# *Clin d'œil*

Poèmes pour enfants

*B. poésie*

*ISBN :2-912494-55-9*
*Bucdom Edition Culturelle*

***PREFACE***

Ce recueil de poèmes reflète des moments de la vie, qui sont faits de joies toutes simples. Christine RENGEARD a su trouver les mots pour nous entraîner dans le monde de l'imagination et nous faire revivre pendant un court instant la magie de notre tendre enfance.

De tout cœur, merci Christine.
J'espère que tu continueras d'écrire, d'illustrer, en parallèle de ta profession, pour nous apporter encore de la lumière et ta joie de vivre.

Annick BAUDET
*Assistante Maternelle et*
*présidente de l'association*
*« Les petits Canailloux »*

Beaucoup d'émotion, beaucoup d'amour.
Merci Christine pour tes paroles si tendres, si vraies.

Madame CARON
*Assistante Maternelle*

# BONJOUR

Bonjour le soleil,
Couleur de miel.

Bonjour les fleurs,
Pleines de senteurs.

Bonjour la coccinelle,
Qui vole dans le ciel.

Bonjour tout le monde,
Venez dans la ronde.

# LA PETITE FEE DES SAISONS

Ses cheveux sont parsemés de gouttes de pluie,
Sa robe faite de rayons de lune brille la nuit.

Son sourire est doux comme les nuages,
Et le givre anime son regard si sage.

Elle porte un manteau de jolis flocons blancs,
Pour sortir dans le mauvais temps.

Le vent fait bouger doucement ses petites ailes,
Et le jour, le soleil lui donne une teinte de miel.

Aime toute les saisons et écoute la nature,
Peut-être entendras-tu, la petite fée qui murmure.

## FLAQUES D'EAU

L'eau goutte dans mon cou,
Mon parapluie est fermé.

Je saute dans la boue,
Comme un jeune écolier.

J'aime les flaques
Laissées par la pluie,
Où mes pieds claquent
Et font du bruit.

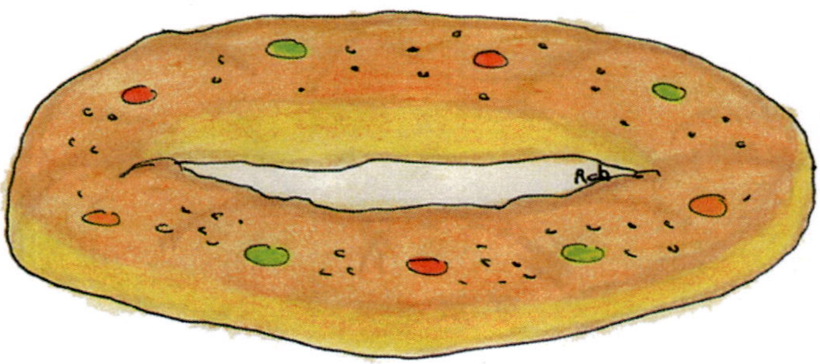

# LA GALETTE

Elle est toute ronde,
Et aussi toute blonde.

Avec du sucre partout,
Hum ! Quel bon goût !

La fève est cachée dedans,
On y mord à pleines dents.

Celui qui l'aura trouvée,
Sera Roi de l'assemblée.

La couronne sur la tête,
Ce sera son jour de fête.

# BEIGNETS DE CARNAVAL

D'abord plat et triste,
Le beignet encore n'existe.

Plongé dans un bain de chaleur,
Il gonfle sans pudeur.

Sur le doux papier,
Il va ensuite se sécher.

Puis le sucre lui tend les bras,
Et dit : « Viens te rouler sur moi ».

Le voilà paré, en habit de soirée,
Tout prêt à être dégusté.

Faisant la fête des petits et des grands,
Qui les dévorent à pleines dents.

## SUR LES BANCS DE L'ECOLE

Tout petit, au premier jour d'école,
Quand maman me lâche la main,
J'entre enfin dans la farandole,
Avec tous mes nouveaux copains.

Je vais savoir lire et écrire,
Ensuite, j'apprendrai à compter,
Même si j'aime beaucoup rire,
Et si je préfère m'amuser.

Sur mon banc, je reste bien sage,
Je m'applique à travailler,
En tournant doucement les pages,
De mes livres et cahiers.

Rcb

## PETIT POISSON

C'est bientôt le 1er Avril,
Le pêcheur va tendre son fil,
Petit Poisson est polisson,
Il voudrait bien mordre à l'hameçon.

Mais il ne peut vivre sans eau,
Il s'en rendrait compte bientôt,
Et ferait tout pour retourner,
Dans la rivière où il est né.

Voilà pourquoi, depuis ce temps,
Lorsque revient chaque Printemps,
Poisson d'Avril est en papier,
Petit Poisson, en liberté.

# LE CARILLON DE PAQUES

Ding , dong !
Les cloches arrivent à vive allure,
Laissant leurs cadeaux dans la nature.

Ding, dong !
Debout petits enfants,
Cherchez dès maintenant.

Ding, dong !
Que de surprises sont cachées,
Pour remplir vos petits paniers.

Ding, dong !
C'est la fête du chocolat,
Sur la figure et sur les doigts.

Ding, dong !
Au revoir petits gourmands,
Nous rentrons à présent.

## MAMAN

Pour ta fête maman,
Je voudrais te couvrir de diamants,
Mais je ne suis qu'un enfant,
Qui t'aime tendrement.

Alors je t'offre mon cœur,
Rempli de toutes les couleurs,
Qui te donneront tout à l'heure,
L'arc-en-ciel du bonheur.

Hi Hi Hi
BLA BLA BLA
Rch

# CLIN D'ŒIL A MON PAPA

Tu es mon héros,
Même si tu n'es pas Zorro.

Devant rien tu ne recules,
Même si tu n'es pas Hercule.

Tu me fais rire sans arrêt,
Même si tu n'es pas Mickey.

Pour moi tu es le plus grand,
Même si tu n'es pas Président.

Tu sais si bien me rassurer,
En me couvrant de tes baisers.

Alors prends moi dans tes bras,
Je t'aime mon papa.

Rcb

# LE POLISSON

Jamais il n'est coiffé,
Ses habits sont tâchés,
Voilà le polisson,
Qui n'en fait qu'à sa façon.

Il fait des grimaces,
Car tout le monde l'agace,
Il met ses doigts dans son nez,
Et tire la langue à l'assemblée.

Sa bouche est pleine de gros mots,
Voilà qui n'est pas beau,
Quel drôle de garçon,
Ce petit polisson.

## LES ANIMAUX EN COULEUR

Blanc, l'ourson près de sa maman,
Noir, le grillon qui chante le soir,
Rouge, le joli poisson qui bouge,
Marron, le kangourou qui fait des bonds.

C'est l'arc-en-ciel des animaux,

Rose, le cochon qui se repose,
Bleu, le papillon tout heureux,
Vert, le lézard qui dort sur la pierre,
Grise, la petite souris dans la remise.

C'est l'arc-en-ciel des animaux,
Jamais il n'y en aura de plus beau.

Rcb

## VILAIN CHIEN !

Vilain chien,
Tu as volé mon pain,
Tu m'as fait du chagrin.

Vilain chien,
Ce n'est vraiment pas bien,
D'agir comme un vaurien.

Pauvre chien,
Tu avais si faim,
Il était si bon le pain.

Gentil chien,
Tu me lèches la main,
Tu deviens mon copain.

Rch

# MON PETIT CHAT

Il dort tout en rond,
Mon petit chaton.

Contre moi il se pelotonne,
Et très fort il ronronne.

Quand on joue à la balle,
Il faut voir comme il cavale.

Il court et saute partout,
On dirait un petit fou.

Je le caresse sans fin,
Car il aime les câlins.

Il est tout doux,
Mon gentil petit matou.

## LA PETITE SOURIS

Petite souris grise

Viens vite me voir,

Apporte ta valise

Et regarde dans mon mouchoir.

Petite souris grise

Viens chercher ma dent,

Mets la dans ta valise

Contre une pièce d'argent.

## LA GRENOUILLE

Plouf !
La grenouille saute dans la mare,
Et se cache sous les nénuphars.

Hop !
Elle joue à saute-mouton,
En faisant des petits bonds.

Miam !
Elle avale un moustique d'un coup,
Car elle avait une faim de loup.

Coa !
Elle chante dans l'air du soir,
Pour que tu n'aies plus peur du noir.

## HALLOWEEN

Excités par cette fête,
Vivement ils s'apprêtent,
S'enlaidissant à loisir,
Pour nous faire pâlir.

Ils parcourent la nuit en riant,
Dans leurs costumes effrayants,
En quête de gâteaux et bonbons,
Qu'ensuite ils partageront.

Chauve-souris, citrouilles ou monstres hideux,
De nous faire peur, ils sont heureux,
Ne gâchons pas leur plaisir,
Et transformons en cri notre sourire.

Alors ils déborderont de joie,
Dans cette nuit de tendre « effroi »,
En reprenant le chemin de la maison,
Avec des friandises à foison.

# LA NUIT DU PERE NOEL

L'hiver est bien installé,
Il a neigé sur le village,
Les vitrines sont décorées,
Egayant les petits visages.

Vient le soir tant espéré,
Où les cœurs des enfants appellent,
Pour voir leurs vœux réalisés,
Par le généreux Père Noël.

Dès que la nuit sera tombée,
Que les étoiles brilleront,
Les jouets seront distribués,
Dans tous les petits chaussons.

## *Remerciements*

A l'association « Les Petits Canailloux » de Niort, qui a contribué en sa mesure à la naissance de cet ouvrage.

A « Doucette », qui se reconnaîtra,
pour son soutien et son amour.

A ma petite famille qui m'a accompagnée
et qui a suivi jour après jour l'élaboration de *Clin d'œil*.

A Béatrice, ma meilleure amie,
toujours disponible et de bons conseils.

*Table des clins d'œil*

Cet ouvrage, réalisé par BUCDOM Edition Culturelle

a été achevé d'imprimer en mars 2002
à
Le « Liminaire », 42330 Saint-Bonnet les Oules

*Illustrations de l'auteur*
-------------------------

Dépôt légal 1er trimestre 2002